INVENTAIRE
Ye 14,825

VICTOR BARBIER

LOUISE

ÉPISODE

L'amour est une fleur dont le
parfum ne s'oublie jamais.

V. B.

PARIS

DESLOGES, LIBRAIRE-ÉDITEUR

RUE CROIX-DES-PETITS-CHAMPS, 4

1857

LOUISE

Œuvres publiées :

1841. — Oraison funèbre d'Adolphe Boyer.

1844. — Trois Gaudrioles.

1846. — Le Monument de Molière, poème.

1848. — Les Proscrites, chansons et prophéties.

En préparation :

Orphane, poème intime.

Lettres sur les Embellissements de Paris.

PARIS. — TYP. SIMON RAÇON ET COMP., RUE D'ERFURTH, 1.

VICTOR BARBIER

LOUISE

EPISODE

> L'amour est une fleur dont le
> parfum ne s'oublie jamais.
>
> V. B.

PARIS

DESLOGES, LIBRAIRE-ÉDITEUR

RUE CROIX-DES-PETITS-CHAMPS, 4

1857

PRÉFACE

> Être ou ne pas être : voilà la question.
>
>   W. Shakspeare.

Celui qui publie un ouvrage, — si petit que soit le volume et si léger que soit le sujet, — doit toujours compte au lecteur des motifs de son œuvre, afin qu'à son tour le lecteur puisse lui tenir compte de son intention.

De là, sans doute, est venu l'usage des Préfaces, sans lesquelles beaucoup de livres seraient entre nos mains comme ces coffrets à serrures cachées dont on ignore le secret.

L'épisode de *Louise*, — ainsi que son titre l'indique, — n'est que la première partie d'un poème plus étendu. Sa publication isolée est en même temps une question et une protestation.

La question est individuelle, et concerne plus particulièrement le Poëte ; — la protestation est théorique, et regarde plus spécialement la Poésie.

Sans vouloir attirer sur soi cette espèce de pitié banale et stérile dont on est aisément prodigue envers ceux qui souffrent, on ne peut s'empêcher de reconnaître avec tristesse combien est difficile à remplir le mandat poétique, lorsqu'il n'est pas accompagné des dons de la fortune.

Quiconque l'a reçu de la nature, et prétend l'exercer dans la société, doit s'attendre à trouver devant lui toutes les portes closes,

et surtout celles de la publicité. Les unes
comme les autres ne s'ouvrent aujourd'hui
qu'avec une clef d'or. Les vers ne sont re-
connus bons et admis à circuler que lorsqu'ils sont écrits au dos d'un billet de
banque.

Le poète qui n'a pas eu la prévoyance de
naître à l'ombre d'un blason bien renté ou
d'un coffre-fort bien garni, et qui n'appar-
tient à aucune aristocratie,—si ce n'est peut-
être celle de l'intelligence, — n'a donc pour
toute perspective que de finir comme ses
devanciers en infortune et en gloire avortée,
et d'ajouter un nom à la liste funèbre où
brillent d'un éclat sinistre ceux de Chatterton
et de Gilbert, de Malfilâtre et d'Hégésippe
Moreau !

A moins pourtant qu'il n'ait, — comme
Béranger, - le bonheur de rencontrer sur sa

route un protecteur généreux qui lui tende la main et le sauve. Mais de pareils bienfaits sont rares, et tous les poètes, — l'auteur est de ce nombre, — ne sont pas disposés à les accepter.

Que serait cependant devenu notre poète national, si le prince Lucien ne lui avait pas répondu ?

Il n'aurait eu, comme tant d'autres, que cette alternative, — ou de se voiler la face et de se dire à son tour : *Désespère et meurs !* — ou de renoncer à la poésie.

Le poète qu'alors nous n'aurions peut-être pas connu en aurait-il moins été pour cela le poète que nous connaissons ?

Qui donc, — sans crainte d'injustice, — oserait affirmer que celui qui succombe ne vaudrait pas celui qui réussit ?

On a écrit quelque part que la misère était

l'école du génie ; il serait plus exact de dire qu'elle en est l'écueil.

Ceux chez qui la sensibilité l'emporte, — et ce sont les meilleurs et les plus délicats, — adoptent le premier parti. Quant à ceux qui renoncent, on peut se dispenser de les regretter et de les plaindre : ils n'étaient pas vraiment poètes, et ne le seraient jamais devenus.

La poésie est une robe de Nessus qui dévore celui qui la porte, et qu'il ne lui est pas possible d'arracher.

Il reste cependant encore un troisième parti, — moins violent que le premier, moins négatif que le second : — c'est d'attendre. Mais il n'est pas donné à tous de pouvoir s'y résigner : attendre est quelquefois si long !

C'est alors d'enfermer en soi la muse prisonnière, et de se vouer avec courage à une existence obscure et laborieuse, en conservant toujours à l'idole sacrée un culte fervent, quoique ignoré.

C'est ce dernier parti qu'a suivi l'auteur de *Louise*.

Il peut se rendre à lui-même ce témoignage, que depuis l'époque déjà bien éloignée où, — s'intéressant à son extrême jeunesse, — le rédacteur en chef d'un petit journal publia ses premiers vers, il a toujours marché sans appui et sans guide.

Un attachement inviolable à ses principes et une confiance obstinée dans l'avenir l'ont seuls préservé des détresses du doute et des atteintes du désespoir.

Telle est d'ailleurs la puissance d'une vocation sincère, qu'elle surmonte tous les obstacles, résiste à toutes les épreuves et survit à toutes les misères.

Ce n'est pas qu'il n'ait rencontré çà et là de vives et franches sympathies, — et sans doute il leur doit la meilleure part de sa persévérance ; — mais ces satisfactions, toutes morales, ne sauraient donner au poète la véritable mesure de ses forces ni l'aider en rien à la réalisation de l'édifice idéal qu'il a rêvé.

Il ne faut donc point s'étonner si, après plus de quinze ans d'inutiles efforts pour sortir des limbes, il en est encore à son début.

Pendant cette longue période, il croit n'avoir rien perdu de ses convictions ni de son enthousiasme, et son but est resté le même : en peut-il dire autant de ses facultés ?

Quelle constitution intellectuelle serait assez robuste pour se conserver aussi longtemps intacte, sous l'action dissolvante d'un travail incessant et monotone, et malgré la privation de tout développement extérieur et de toute émulation préservatrice?

Aussi n'est-ce pas sans une certaine inquiétude qu'il vient aujourd'hui déposer sur le bureau de la Critique ce mince échantillon littéraire, en la priant de vouloir bien en déterminer la valeur.

La publication de l'épisode de *Louise* renferme donc, pour son auteur, une question dont il est facile d'apprécier l'importance.

Quant à la protestation, elle résulte naturellement de la forme même qu'il a adoptée, et répond par un humble fait à une opinion étrange, récemment émise sous l'autorité d'un grand nom.

En effet, si, malgré tous les obstacles que rencontre la poésie et tous les avantages réservés à la prose, l'auteur de *Louise* a préféré faire un poème d'une petite histoire dont tant d'autres auraient fait un roman, c'est qu'évidemment cette forme est la seule qui convienne à certains hommes, par la raison bien simple qu'ils sont nés poètes et non pas prosateurs.

Dans un ouvrage offert au public comme une sorte de catéchisme littéraire de notre époque, un homme à qui des facultés brillantes et des circonstances heureuses ont permis d'atteindre à tous les sommets de la renommée, après avoir fait de la poésie le marchepied de sa gloire, n'a pas craint de renier, au déclin de sa vie, le culte de sa jeunesse, et de déclarer la forme du vers usée et finie à jamais.

De la part de tout autre écrivain, une pareille assertion ne serait tout au plus qu'une grossière erreur, mais de la sienne elle est presque une calomnie.

Une semblable conclusion est triste, quoi-
qu'il n'y ait pas lieu d'en être trop surpris :
on n'en pouvait attendre d'autre d'un esprit
perdu dans la contemplation du passé, et
qui n'a jamais osé regarder l'avenir en face.

De ce que les formes néo-classique et néo-
catholique n'ont guère produit de nos jours
que des pastiches de l'antiquité, — moins la
simplicité et l'énergie,— ou du moyen âge,—
moins la naïveté et la foi, — il a cru devoir en conclure que le rôle de la poésie
était terminé.

Disons la vérité, quoique un peu triviale :
il a modestement pensé qu'après lui il n'y
avait plus qu'à tirer l'échelle.

Mais la poésie est immortelle comme l'intelligence, dont elle est la plus haute expres-
sion; et le langage rhythmique, — et chez
nous versifié, — en est la forme essentielle

et absolue. En dehors d'elle, il y a le style et l'éloquence, il n'y a pas la poésie.

Télémaque et les *Martyrs* sont fort poétiques, sans doute ; mais ne sont pas de la poésie.

On peut être né poète et devenir un écrivain, — car qui peut le plus peut le moins ; — mais un écrivain ne saurait devenir un poète. Châteaubriand nous a fait voir, en *écrivant* son *Moïse*, toute la distance qui les sépare.

La poésie est à la fois le commencement et la fin de toute littérature ; elle est le premier éclair de la vie morale d'un peuple et le dernier terme de sa civilisation. On voit donc que nous avons encore un long espace à parcourir.

Après la poésie païenne et la poésie catholique, arrive la poésie *moderne*. Ce qu'elle sera, nul ne saurait le dire : elle n'a encore que des précurseurs ; mais sa venue est assurée, en dépit de vaines prédictions.

On comprend combien une discussion développée serait peu à sa place en tête d'un si petit ouvrage; il suffit d'en avoir indiqué les termes. On ne peut cependant s'empêcher, en terminant, cette réflexion. Le spiritualiste Platon bannissait les poètes de sa République, le spiritualiste auteur des *Méditations* les supprime : n'est-ce pas les obliger, — par prudence, — à n'être que spirituels?

Septembre 1857.

PRÉLUDE

PRÉLUDE

Après les premiers pas franchis dans la carrière,

On aime à reporter ses regards en arrière,

Et mesurer, d'un œil plus ou moins satisfait,

Le chemin qui nous reste et celui qu'on a fait.

Chacun a ressenti cette secrète joie

Qu'on éprouve à chercher sa trace sur la voie,

A retrouver des noms oubliés pour toujours,

A peser ses douleurs, à compter ses beaux jours !

Souvent la charge est lourde et le compte facile ;

Mais, soit qu'on n'ait laissé qu'une empreinte stérile,

Ou soit qu'on ait ouvert un sillon généreux,

On est toujours avide et toujours curieux

De contempler de loin, pour une fois encore,

Ce mirage enchanteur de la première aurore,

Où l'on peut, à travers les vapeurs du matin,

Voir déjà s'agiter l'ombre de son destin.

Depuis cet âge heureux, et que chacun regrette,

La vie a pris pour tous une forme plus nette ;

Le charme conducteur s'est soudain arrêté,

Et le rêve a fait place à la réalité.

Les uns n'ont eu qu'à suivre une pente fleurie

Dès longtemps préparée à leur molle incurie :

Pour ceux-là le passé n'est qu'un lac toujours pur,

Reflétant à jamais un éternel azur,

Duquel rien ne surgit et que rien ne pénètre ;

A moins que le malheur, ou le vice peut-être,

Ne vienne enfin troubler de son souffle orageux

Ce calme, qui souvent cachait un lit fangeux !

Les autres, et ceux-ci forment le plus grand nombre,

Ont trouvé devant eux un horizon plus sombre,

Une montée aride, où le terrain glissant

Les forçait à lutter sans cesse en avançant.

La plupart ont subi des fortunes diverses :

Tantôt laissant la route et prenant les traverses,

Et tantôt revenant, après bien des écarts,
Au vieux sentier commun battu de toutes parts.
Quelques uns, emportés vers des plages lointaines
Par l'ardent tourbillon des passions humaines,
Ont effeuillé leur âme à tous les vents du jour,
Et n'ont rien recueilli qu'un passé sans retour ;
Quelques autres, séduits par de vaines chimères,
N'ont rencontré partout que des sources amères,
Et, las d'errer sans cesse, ont enfin aperçu
Qu'ils avaient tout donné sans avoir rien reçu !

Après tous ces martyrs, il en est un encore
Que le sort a trahi même avant que d'éclore :
C'est le pauvre orphelin, qu'un arrêt éternel
A proscrit en naissant du foyer paternel.
Qu'importe, après, les soins d'une main étrangère,
S'il doit être sevré des baisers de sa mère ?

Qu'importe à son bonheur tout le bien qu'on lui fait,

S'il doit vivre accablé sous le poids d'un bienfait?

Un jour il fléchira sous ce double anathème,

Et bientôt, renfermé dans le fond de lui-même,

Son cœur s'abreuvera de regrets superflus,

Et ceux qui l'ont nourri ne le comprendront plus!

C'est ainsi qu'il a vu s'écouler sa jeunesse;

Et le temps, loin d'avoir dissipé sa tristesse,

Après bien des combats livrés à son destin,

L'a laissé plus meurtri qu'il n'était au matin.

Il ne s'est pas trouvé de puissance assez forte

Pour raviver en lui la séve à demi morte;

Il ne s'est pas trouvé de cœur assez complet

Qui pût donner au sien la part qui lui manquait.

Ni les premiers transports d'une muse naissante,

Ni les tendres secours d'une amitié constante,

Rien ne l'a pu ravir au passé douloureux

Qui, né presque d'hier, l'a déjà rendu vieux.

Et pourtant ce passé, plein de deuil et de larmes,

Pour lui plus que pour tous a conservé des charmes,

Et souvent sur ses pas l'entraîne à revenir ;

Car tout être qui souffre aime à se souvenir.

Au milieu du désert désolé de sa vie,

Il retrouve parfois une oasis fleurie,

Où le soir, fatigué d'un labeur décevant,

Il repose son âme et s'endort en rêvant !

Parmi ces visions qui viennent lui sourire,

Il en est trois surtout dont le charme l'attire,

Et qui, l'une après l'autre, à l'image du temps,

Figurent trois saisons : automne, été, printemps.

La première, plus proche et cependant plus sombre,

Ressemble au crépuscule et s'enfonce dans l'ombre ;

La seconde, où son cœur s'est longtemps attiédi,

Brille comme un rayon du soleil de midi ;

Et la troisième, enfin, plus lointaine et plus pâle,

Est semblable aux reflets de l'aube matinale ;

Et toutes trois ensemble, aube, clarté, déclin,

Sont comme les trois parts d'un jour près de sa fin.

Au moment d'achever cette longue journée,

Et de voir sa jeunesse à jamais terminée,

Il tourne malgré lui les yeux vers l'horizon,

Soupirant tour à tour après chaque saison.

Dans un de ces élans que le regret inspire,

Il voudrait rattacher aux cordes de sa lyre,

Ainsi que des portraits que l'on garde toujours,

Le fuyant souvenir de ses jeunes amours.

Une si grande hâte est peut-être imprudente ;

Mais quand tout un matin l'abeille diligente

A couru les sentiers de la terre et du ciel,

Attend-elle à la nuit pour recueillir son miel?

LOUISE

ISOLEMENT

L'automne commençait, et déjà la nature

Avait perdu l'éclat de sa verte parure :

Un été plein de trouble et de feux dévorants

En avait emporté les plus beaux ornements.

Déjà le vent du nord venait, par intervalles,

Agiter l'air du soir de ses brusques rafales,

Et laissait échapper ces soupirs vigoureux

Qui présagent toujours un hiver rigoureux;

Déjà le Luxembourg inondait ses allées

D'un essaim tournoyant de feuilles envolées,

Et ses vieux marronniers, à demi dépouillés,

Balançaient tristement leurs rameaux effeuillés.

L'infortuné jardin, d'historique mémoire,

Perdait ainsi le seul de ses titres de gloire

Que le souffle orageux des révolutions

N'eût pas enveloppé dans ses proscriptions.

Aussi n'y voyait-on que de pauvres statues

Qui semblaient regretter d'être si peu vêtues,

Et quelques vétérans, qui, d'un œil soucieux,

Contemplaient ces débris, abandonnés comme eux [1] !

Non loin de ce séjour, dont nos luttes publiques

Troublent encor parfois les échos pacifiques,

[1] A l'époque déjà éloignée à laquelle nous reporte cette
histoire, le Luxembourg n'avait pas encore reçu tous les embellissements qu'on y a réalisés depuis.

Il est, vers l'orient, une blanche maison

Dont on voit le sommet paraître à l'horizon,

Comme le cap lointain de quelque beau rivage,

Et qui, comme Janus, porte un double visage :

L'un que vient caresser l'aurore en se levant,

Et l'autre illuminé par les feux du couchant;

L'un tourné vers la rue où court la multitude,

L'autre vers le jardin où dort la solitude;

L'un ouvert et riant comme un jeune avenir,

L'autre calme et voilé comme un vieux souvenir;

Et qui, tous deux formant une image complète,

Semblent vouloir donner une leçon muette,

Et, dans ce double aspect de silence et de bruit,

Montrer ce qui commence avec ce qui finit.

C'est là qu'un soir d'automne, à l'heure solennelle

Où l'astre roi descend de la voûte éternelle,

Et, quittant notre ciel, laisse l'obscurité

S'emparer lentement de la grande cité,

C'est là que, du côté de la face déserte,

Accoudé sur le bord d'une fenêtre ouverte,

Et promenant au loin son regard indécis,

C'est là qu'un soir d'automne un homme était assis.

Un homme!... On l'aurait dit, à l'aspect du ravage

Accompli sur les traits de son pâle visage,

Aux sillons trop nombreux qu'un désespoir profond

Avait avant le temps imprimés sur son front,

A l'immobilité de sa tête affaissée

Sous le poids d'une amère et constante pensée,

Au morne abattement de ses yeux, et pourtant

Ce précoce vieillard était presque un enfant :

A peine il franchissait le seuil de la jeunesse.

D'où venait donc en lui cette sombre tristesse?

Quel chagrin dévorant, quel souffle de douleur

Avait ainsi fané son âme dans sa fleur?

C'est un secret qu'il garde au fond de sa mémoire.

Écoutez : ce n'est pas une bien longue histoire.

Voilà déjà dix ans qu'au milieu de la nuit.

Son sommeil fut troublé par un sinistre bruit.

Il entend tout à coup sa mère qui l'appelle ;

A la hâte il se lève ; il arrive auprès d'elle...

O cruel souvenir ! spectacle déchirant !

Il la trouve au chevet d'un époux expirant,

Cherchant à recueillir, dans une avide étreinte,

Les restes affaiblis de sa parole éteinte !

D'un père à l'agonie il voit l'affreux départ,

Et lit son triste adieu dans un dernier regard,

Tenant contre son cœur, étroitement pressée,

Une main qui commence à devenir glacée...

Sa mère, à ses côtés, se tord dans les sanglots,

Et ne peut, en pleurant, que répéter ces mots :

— Mon ami, m'entends-tu ? c'est ta femme qui t'aime !
Quoique bien jeune alors, à cet instant suprême,
Il lui semble entrevoir tout ce qu'il a perdu,
Et, frappé de terreur, haletant, éperdu,
Il se jette à travers la maison solitaire,
En criant : — Au secours ! au secours de mon père !
A sa voix on accourt avec empressement,
Et, pour leur abréger l'horreur d'un tel moment,
On l'éloigne aussitôt, tandis que l'on emporte,
Après de longs efforts, sa mère à demi morte !

Dix ans n'ont pu couvrir cette fatale nuit
Où du pauvre orphelin le bonheur fut détruit,
Ni calmer ce regret dont la sombre influence
A flétri pour jamais toute son existence,
Et jeté sur sa vie un funèbre linceul ;
Car depuis ces dix ans il est demeuré seul.

Seul, toujours seul!... Trompés par la similitude,

L'isolement pour nous n'est que la solitude :

Un abîme, pourtant, sépare ces deux mots;

Car l'un dit abandon, et l'autre doux repos.

Être seul, ce n'est pas, loin du bruit de la foule,

Suivre d'un œil pensif une onde, qui s'écoule,

Et, tout en écoutant son murmure enchanteur,

Caresser en esprit quelque songe flatteur;

Être seul, seul de cœur, sans appui, sans famille,

C'est trouver le néant dans chaque jour qui brille,

C'est rencontrer partout la lutte à chaque pas,

C'est vivre de bienfaits que l'on ne vous doit pas,

C'est marcher au hasard dans un chemin sans gloire,

Où l'on ne laissera ni regrets ni mémoire,

Et s'en aller, enfin, sans savoir seulement

Pourquoi l'on est venu : voilà l'isolement !

Telle était donc alors l'amère destinée
De cette âme, à son deuil toujours abandonnée.
Recueilli par pitié chez de lointains parents,
Son enfance reçut ces soins indifférents
Qui laissent le cœur vide et privé de tendresse.
Et maintenant, au seuil de sa triste jeunesse,
Il sent plus que jamais cet immense désir
D'aimer et d'être aimé qui revient le saisir.
Mais il s'épuise en vain dans ses rêves sans nombre :
Autour de lui sans cesse il ne voit que son ombre,
Et, de tant de souhaits ardents et superflus,
Il n'obtient chaque jour que des regrets de plus !

Cependant, au milieu de cette nuit obscure,
Une douce lueur, passagère mais pure,
Devait à ses regards éclairer l'avenir,
Et son isolement allait bientôt finir.

II

PORTRAIT

Heureux qui sait, d'après une règle savante,

Animer une toile et la rendre vivante!

Au gré de son génie il sème les trésors,

Consacre le présent, ressuscite les morts,

Et, par le seul pouvoir qu'exerce la peinture,

Soumet à ses désirs le temps et la nature!

Ce privilége est beau quand il est bien compris;

Mais, sans vouloir en rien en rabaisser le prix,

Peut-être pourrait-on réclamer le partage

En faveur de cet art dont le divin langage,

Observant dans sa marche un ordre harmonieux,

Vient montrer à l'esprit ce que l'autre offre aux yeux.

Si le peintre, au milieu de son vaste domaine,

Ainsi qu'un souverain à loisir se promène,

A son tour le poète a droit de pénétrer

Dans un autre séjour où lui seul peut entrer.

Ce sanctuaire obscur, mystérieux, immense,

C'est celui dans lequel se meut l'intelligence;

C'est l'arène, féconde en agitations,

Où notre âme est en lutte avec ses passions!

De ce monde inconnu qu'il parcourt dans ses veilles,

Il raconte parfois d'étonnantes merveilles,

Et nous fait concevoir d'invisibles beautés

Qui laissent loin la terre et ses réalités!

Ainsi donc, entre eux deux la limite est tracée :

L'un commande à la forme et l'autre à la pensée ;

L'un, avec ses pinceaux, nous crée un univers ;

L'autre fait palpiter notre âme dans ses vers ;

L'un semble le miroir de tout ce qui respire ;

L'autre est comme un écho de tout ce qui soupire ;

L'un nous montre Vénus ravissante d'attraits ;

L'autre d'un tendre amour nous livre les secrets ;

Enfin, pour achever ce partage suprême,

Chacun d'eux à son tour s'empare de nous-même,

Et nous abandonnons, comme à notre vainqueur,

Au peintre le visage, au poète le cœur !

Mais si grande que soit leur puissance isolée,

Il est de ces tableaux d'une teinte voilée,

Souvenirs de jeunesse et des objets aimés,

Qui, pour être rendus tels qu'ils-nous ont charmés,

Exigeraient l'effort de tous les deux ensemble ;

Il est de ces tableaux pour lesquels la main tremble,

Dans la crainte où l'on est d'oublier en passant

Quelque secret détail intime et caressant,

Et de ne retracer qu'une image indécise :

Tel sera cette fois le portrait de Louise,

De cette fleur des champs au parfum délicat,

Dont aucun souffle impur n'avait terni l'éclat.

On ne saurait la peindre : il faudrait l'avoir vue,

Avec son frais visage et sa grâce ingénue,

Alors qu'elle venait d'arriver à Paris.

Elle avait dû quitter et famille et pays,

Et dans le vague espoir d'un destin moins aride,

Au foyer paternel laisser sa place vide.

C'est ainsi que souvent nous voyons parmi nous
De naïves beautés au regard humble et doux
Venir s'étioler, en achevant d'éclore,
Dans ce gouffre profond qui bientôt les dévore !

Cette fois, la victime offerte à ce danger
Était vraiment touchante, et faisait présager
Que le premier rayon qui tomberait sur elle
Découvrirait à tous combien elle était belle,
Et que bientôt son cœur, poursuivi pas à pas,
A tant de doux assauts ne résisterait pas.
Elle était dans cet âge, encor plein d'innocence,
Où la jeunesse garde un reflet de l'enfance,
Et paraissait avoir entre quinze et seize ans.
Si déjà sa tournure et ses charmes naissants
Annonçaient qu'à la grâce elle unirait la force,
Et que la séve en feu bouillonnait sous l'écorce,

Cependant son maintien parfois embarrassé,

Sa parole timide et son regard baissé

Témoignaient qu'à la vie elle achevait de naître.

Elle n'était pas grande, et promettait de l'être.

Ce contraste apparent de crainte et de vigueur,

Ce corps plein de santé revêtu de langueur

Donnait à son aspect un charme inexprimable.

Ses cheveux blonds étaient d'une teinte admirable,

Et leurs soyeux bandeaux, se dorant au soleil,

Formaient sur son beau front comme un rideau vermeil.

Ses yeux, d'un bleu d'azur, avaient cette tendresse

Et ce mobile éclat qui pénètre et caresse;

Et lorsque, par hasard, elle levait sur vous

Ce regard à la fois si puissant et si doux,

On croyait voir surgir, comme du fond d'un rêve,

Le Paradis terrestre et notre première Ève

Offrant à son époux le fruit délicieux

Qui devait pour jamais les exiler des cieux!

On pourrait bien encor s'arrêter à décrire
Et sa bouche mignonne et son charmant sourire,
Laissant voir, à travers deux lèvres de corail,
Des perles du plus pur et du plus vif émail,
Perles dont elle était peut-être un peu coquette ;
Son menton enfantin creusé d'une fossette ;
Son cou blanc aux contours fermes et déliés ;
Son bras rond, sa main fine et ses tout petits pieds ;
Mais ce serait risquer d'omettre quelque chose,
Et dépasser le but en effeuillant la rose.
On ne doit point finir de semblables portraits :
Il vaut mieux seulement en esquisser les traits,
Et laisser au lecteur, que ce silence inspire,
Le plaisir d'achever ce qu'il en reste à dire.

III

CONTRASTE

C'est ainsi que Louise apparut un matin,

Comme un ange envoyé par ordre du destin,

Aux regards éblouis du jeune solitaire

Dont la pâleur cachait un si triste mystère ;

A ce pauvre isolé flétri par le regret,

Dont le vrai nom pour tous doit rester un secret,

Et qu'il vaut mieux couvrir d'un voile diaphane

Et presque symbolique, en l'appelant Orphane [1].

Cette apparition fut, pour l'infortuné,

Comme un objet qui brille aux yeux d'un nouveau-né,

Et qu'il fixe ardemment sans pouvoir le comprendre.

Il regardait sans voir, écoutait sans entendre ;

Interdit et muet dans son étonnement,

Il demeurait sans voix comme sans mouvement.

Par une vieille dame elle était amenée

Pour être, comme on dit, ouvrière à l'année,

Et demeurer ainsi longtemps dans la maison.

Elle avait profité de la belle saison

[1] Orphane, du latin *orphanus*, orphelin.

Pour entreprendre à pied un pénible voyage,

Et venir à Paris se chercher de l'ouvrage,

Afin de s'exercer aux genres différents,

Et pouvoir être un jour utile à ses parents.

Du reste, elle prouvait, par son propre costume,

Que déjà du travail elle avait la coutume :

(C'était un bonnet blanc orné de rubans bleus,

Dont le tulle, assez clair, laissait voir ses cheveux ;

Un col plat et brodé fermant son cou d'ivoire ;

Puis, sous un tablier de marceline noire,

Sa robe, assez bien faite, en mérinos foncé,

Tombant à larges plis sur un soulier lacé ;

Plus, de petits ciseaux pendus à sa ceinture.)

Tel fut, en abrégé, son discours d'ouverture,

Auquel elle ajouta ces deux points importants :

Qu'on la nommait Louise et qu'elle avait seize ans.

Par la tante d'Orphane elle fut acceptée.

Bientôt elle perdit toute gêne affectée ;

Puis, enfin, se montra ce qu'elle était vraiment,

C'est à dire un lutin d'un naturel charmant :

Cœur honnête et sensible, esprit sans artifice,

Obligeant sans calcul et riant sans malice.

Tous ceux qui l'entouraient en devinrent épris,

Et l'orphelin surtout ne fut pas le moins pris,

Malgré qu'à sa tristesse elle fît rude guerre ;

Car la rieuse enfant ne lui ressemblait guère ;

Et lorsque tout à coup, avec son air joyeux,

Elle approchait de lui toujours si sérieux,

On eût dit, à les voir, le Plaisir et la Peine

Se disputant les jours de la famille humaine ;

Et l'on peut deviner, sans faire un grand effort,

En ce plaisant combat quel était le plus fort.

Cependant, à travers tout cet enfantillage,

La jeune fille aussi pensait à son village,

A tous ses bons parents dont elle était si loin,

Et qui de son enfance avaient pris tant de soin.

On conçoit aisément quelle était l'influence

De tant de souvenirs, embellis par l'absence,

Sur cette âme dont rien n'altérait la candeur,

Et dont rien n'occupait la juvénile ardeur.

Aussi, bien des éclairs d'innocente folie

S'éteignaient-ils souvent dans la mélancolie ;

Puis quelques pleurs furtifs troublaient ses yeux d'azur,

Comme un léger nuage au milieu d'un ciel pur.

C'est alors que sa vie à peine commencée,

Ainsi qu'un livre ouvert s'offrait à sa pensée.

Pour lui servir de guide et pour la protéger,

Louise n'avait eu qu'un humble messager :

Emportant sur son front le baiser de sa mère,

Et fermant dans son cœur plus d'une plainte amère,

Elle avait bravement, au matin du départ,

Dit à tous un adieu dans un dernier regard.

La pauvre enfant laissait, au fond de sa Champagne,

Un paisible village entre plaine et montagne,

Où depuis quatorze ans, au sortir du berceau,

Elle avait tant couru de la haie au ruisseau,

De la prairie au champ, de l'école à l'église,

Qu'il n'était pas un coin, pas une pierre grise,

Dont sa jeune mémoire, ardente à retenir,

Ne conservât encor le vivant souvenir.

Depuis la maison blanche et de pampres ornée,

Où délicate et blonde un jour elle était née,

Parmi tout un essaim de frères et de sœurs ;

Depuis le vaste enclos, plein d'arbres et de fleurs,

Jusqu'aux grands peupliers dont le rideau d'ombrage

Bornait de ce côté l'horizon du village,

Tout flottait à ses yeux comme un tableau mouvant,

Qui la suivait dans l'ombre et la nuit en rêvant !

Souvent, dans ce mirage encadré de verdure,

Elle voyait aussi passer mainte figure

Qui faisait tressaillir son cœur d'émotion,

Et qui venait parler à son affection.

Son père, vieillard grave autant qu'elle était folle,

Pour qui, par contre-coup, elle était une idole ;

Sa mère, noble femme, aux instincts généreux,

Acceptant sans se plaindre un destin rigoureux,

Et, dans l'humilité d'une existence obscure,

Sachant rester toujours digne de la nature ;

Son frère aîné, superbe et courageux soldat,

Jetant sur la famille un singulier éclat,

Lorsqu'au seuil de leur vie un peu trop uniforme,

Il paraissait, vêtu de son bel uniforme ;

Puis Jean et Cyprien, deux bons gros laboureurs ;

Puis Rose, et puis Suzon, brune aux vives couleurs,

Dont la marche assurée et la taille robuste

Supportaient fièrement les trésors de son buste ;

Et tant d'autres encor qu'elle n'oubliait pas !

Elle revoyait tout : les travaux, les repas,

Les jeux de son enfance à travers la feuillée,

Et les beaux jours de fête et les soirs de veillée !

Faut-il donc s'étonner si parfois, en secret,

Elle laissait tomber des larmes de regret ?

Hélas ! chacun de nous a sa part de tristesse,

Et rien n'en garantit, ni beauté ni jeunesse !

IV

INTIMITÉ

Il en est des couleurs comme des sympathies :

C'est la diversité qui les rend assorties.

Elles forment ainsi des contrastes heureux

Qui s'attirent l'un l'autre et se fondent entre eux.

Le blanc avec le noir n'ont rien qui se ressemble,

Et nous voyons pourtant qu'ils vont très bien ensemble;

La mollesse et l'ardeur n'ont point de parité,

Et leur réunion produit la volupté.

De même, auprès d'un homme enclin à la colère,

Nous aimons à placer la douceur qui tolère,

Et la femme économe est un vivant trésor,

Pour l'époux imprudent qui prodigue son or.

Dieu, sans doute, a voulu, dans sa haute sagesse,

En opposant partout la force à la faiblesse,

Le mérite au défaut, la joie à la douleur,

Donner à chaque chose une juste valeur,

Et que tout ce qui naît sur cette terre immense

Puisse toujours trouver sa raison d'existence.

Mais c'est chercher trop loin et creuser trop à fond,

Pour découvrir comment les amitiés se font,

Et l'on n'a pas besoin d'inventer de système

Pour apprendre à chacun ce qui fait que l'on aime :

Un sourire, un regard, en instruisent mieux

Que les raisonnements les plus ingénieux.

La théorie est pâle à côté de l'exemple,

Lorsque tout l'univers est comme un vaste temple,

Et le cœur de chaque être un invisible autel

Où brûle de l'amour l'holocauste éternel !

Ce fut donc en vertu de cette loi précise

Qu'un lien s'établit entre Orphane et Louise ;

Mais un lien si pur, si plein de chasteté,

Qu'il ne dépassa pas la tendre intimité.

Il ne pouvait germer dans leur vierge nature

Aucun de ces désirs qu'enfante la luxure :

Le plaisir d'être ensemble et de causer entre eux

Suffisait à leur âme et les rendait heureux !

Devant ces beaux yeux bleus et ces lèvres de rose,

Le rêveur taciturne, au visage morose,

Avait fini par perdre un peu sa gravité,

Et la rieuse un peu de sa folle gaîté,

En écoutant les sons de cette voix plaintive

Dont le charme parfois la rendait attentive.

Bientôt cette union devint presque un besoin :

Dès que l'un paraissait l'autre n'était pas loin ;

Car, malgré quelques tours de franche espièglerie,

Et quelques courts moments de feinte bouderie,

Dont les traités de paix étaient vite conclus,

Louise en arriva qu'elle ne quittait plus

(Peut-on ici risquer un hiatus sans crime ?)

Celui qu'elle appelait son *ennemi intime* :

Mot délicat et fin, qui peint mieux son esprit

Que tout un grand discours pompeusement écrit.

Souvent ils s'en allaient, comme deux camarades

Accomplir vers le soir de longues promenades

Parcourant pas à pas ce pays enchanteur

Qu'on pourrait appeler le royaume du cœur,

Véritable pendant du pays de Cocagne,

Rempli de tous côtés de châteaux en Espagne,

Et peuplé seulement de jeunes amoureux

Qui voyagent sans cesse et toujours deux à deux ;

Ou bien c'était Orphane expliquant à Louise

Tout ce qui dans son âme éveillait la surprise :

Tantôt les mouvements de ce ciel étoilé

Si brillant à nos yeux, et pourtant si voilé !

Depuis Vénus, planète à la riche lumière,

Qui dans les feux du soir apparaît la première,

Jusqu'au grand Sirius, monarque radieux,

Qui loin de notre monde éclaire d'autres cieux !

Tantôt par des récits captivant sa mémoire,

De notre vieille Europe il lui disait l'histoire,

Lui montrant qu'à travers d'héroïques élans,

Les peuples sont toujours esclaves ou tyrans !

A son tour quelquefois l'écolière ingénue,

Sans chercher à franchir les siècles ou la nue,

Aimait à retracer à l'enfant de Paris

Les champêtres splendeurs de ses coteaux chéris,

Couverts jusqu'au sommet de nombreux ceps de vigne,

Qui ressemblent de loin à des soldats en ligne :

Vrais soldats, en effet, dont le feu redouté

A fait à la Champagne un renom mérité !

Puis les reflets changeants de l'eau claire et rapide,

Et les fraîches senteurs de la prairie humide,

Et le calme imposant et profond de ces bois

Où le rossignol seul fait entendre sa voix !

Ou bien encor c'étaient des scènes du village,

Des propos du foyer, des traits de son jeune âge,

Que Louise mettait tant de grâce à conter,

Qu'Orphane en l'écoutant y croyait assister :

Admirable pouvoir que possède la femme,

De tout vivifier au souffle de son âme !

— Oh ! disait-elle alors, de son air simple et doux,

Que ne puis-je avec moi vous emmener chez nous,

Pour vous faire connaître à ces parents que j'aime,

Et vous les voir chérir à l'égal de moi-même !

Vous verriez ce que c'est que de bons paysans,

Et comme on est heureux d'être un de leurs enfants !

C'est ainsi que, les mains l'une à l'autre enlacées,

Ils échangeaient tous deux leurs plus chères pensées,

S'enivrant du regard et vivant chaque jour

De ce miel parfumé qu'on nommerait amour,

Si ce mot, aussi pur que la robe des cygnes,

N'était pas profané par des lèvres indignes !

Et dans ces entretiens, où leur cœur s'abreuvait

Au fond d'un autre cœur, chacun d'eux y trouvait

Ce qui manquait au sïen : la blonde jeune fille,

Un initiateur ; Orphane, une famille !

V

DOUBLE JOIÉ

Parmi ces jours suivis de soirs délicieux,

Il en est deux surtout qu'il se rappélle mieux,

Et dont le double aspect pourra faire connaitre

Tout ce que leur amour ajoutait à leur être !

Un soir, donc, au milieu de l'arrière-saison,

Orphane avant la nuit revint à la maison.

Ce retour imprévu fit crier au miracle ;

Mais, tirant de sa poche un billet de spectacle,

Il dit, en s'efforçant de cacher son émoi :

— Je viens chercher quelqu'un pour venir avec moi.

Depuis déjà longtemps, j'avais dit à Louise

Que je lui causerais quelque bonne surprise ;

Et je crois qu'aujourd'hui j'ai presque réussi :

J'ai de quoi la surprendre et l'amuser aussi !

Alors il déplia la mince feuille verte,

Où le titre assez gros de LOGE DÉCOUVERTE,

Comme un signe magique attirait le regard !

Il fallait s'habiller et partir sans retard.

Orphane de sa tante avait la confiance ;

Elle n'opposa donc aucune résistance

A ce projet, d'ailleurs sans danger à ses yeux.

Quelle joie, en secret, pour les deux amoureux !

Pour Orphane surtout : sortir seul avec elle !

Pour Louise, c'était chose toute nouvelle,

Que d'aller au théâtre : en sa simplicité,

Le seul spectacle auquel elle avait assisté

N'était que le tableau de la nature en fête,

Tableau muet et froid s'il n'a point d'interprète !

Ils partirent ensemble, et vingt fois, en chemin,

A sa jeune compagne Orphane prit la main ;

Et celle-ci, levant ses beaux yeux sans rien dire,

Lui répondait alors avec un doux sourire.

Il se sentait si fier de l'avoir à son bras !

« Voyez ces deux vieillards, » murmurait-on tout bas

Et lui, par la rougeur qui gagnait ses oreilles,
Montrait bien, en effet, qu'elles n'étaient pas vieilles !

Enfin l'on arriva sans s'être trop pressé,
Et le hasard voulut que l'on fût bien placé.
Alors s'ouvrit pour eux la plus douce soirée
Que jamais rencontra leur jeune âme enivrée !
Ce n'est pas cependant que ce que l'on jouait
A l'un des spectateurs offrît beaucoup d'attrait :
La pièce pour Orphane était toute en Louise !
Aussi, comme il suivait sa naïve surprise,
Comme il était heureux de son contentement,
Et comme il savourait son attendrissement !

Cette salle animée et de luxe éclatante,
Cet orchestre enchanteur, cette scène changeante,

Ces acteurs au langage empreint de passion,

Lui causaient une étrange et vive impression.

On lisait sans effort sur son charmant visage

Tout ce qu'elle éprouvait à chaque beau passage :

Subite intuition d'un monde tout nouveau

Avec lequel son cœur se mettait de niveau !

De ce brillant tableau fortement pénétrée,

Elle ne sortit pas comme elle était entrée :

Sa jeune intelligence avait grandi soudain !

La femme était éclose à ce rayon humain !

Et lorsqu'on s'en revint, causant au clair de lune,

Elle avait dans la voix une ardeur peu commune ;

Et lorsqu'en le quittant elle lui dit merci,

Orphane devina qu'il avait réussi !

Un autre soir, l'amour prit un chemin contraire.

Orphane rentra tard, par extraordinaire :

On l'avait retenu pour un travail de nuit.

Dans la première pièce il pénétra sans bruit.

Une lampe y jetait sa lueur indécise,

Et dans cette pénombre il aperçut Louise.

La pauvre enfant dormait : après plus d'un effort,

Le terrible sommeil avait été plus fort !

Sa bonne intention se trouvait égarée ;

Mais, enfin, pour lui seul elle était demeurée !

Elle avait succombé, mais elle l'attendait !

Au cœur de l'orphelin un autre répondait :

Le cœur candide et pur de la plus chaste vierge.

A qui jamais dévote ait fait brûler un cierge !

Une telle pensée, en un pareil moment,

Vint plonger son esprit dans le ravissement.

Dans une douce extase arrêté devant elle,

Plus il la contemplait, plus il la trouvait belle !

Sans autre vêtement qu'un modeste peignoir

Dessinant les contours qu'il empêchait de voir,

La tête sur sa chaise à demi renversée,

Son âme vers le ciel semblait s'être élancée ;

Ses mains jointes gardaient un geste suppliant :

Sans doute, elle s'était endormie en priant !

Un songe l'occupait, et ses lèvres de rose

Laissaient de temps en temps échapper quelque chose.

Orphane pour l'entendre approche doucement...

O bonheur ! c'est à lui qu'elle parle en dormant !

Comme il voudrait baiser cette bouche divine !

Mais un tendre respect malgré lui le domine :

Ému, ravi, tremblant, il tombe à ses genoux.

Louise ouvre les yeux... Réveil charmant et doux !

Le héros de son rêve à ses pieds se retrouve !

Son ivresse s'accroît du trouble qu'elle éprouve...

Avec cet abandon qui ne raisonne pas,

Autour du cou d'Orphane elle passe son bras,

Et, cédant au pouvoir de ce transport suprême,

Elle lui dit enfin : — Eh bien, oui, je vous aime !

VI

DOUBLE PEINE

Nulle félicité ne peut durer toujours,

Et nos meilleurs instants sont aussi les plus courts.

Au bout de quelques mois d'une douce alliance,

Une simple et pourtant fatale circonstance

Vint rompre tout à coup leur tendre liaison :

Louise avait fini sa tâche à la maison.

Bientôt aux yeux d'Orphane elle allait disparaître ;

Il fallait se quitter, et pour toujours peut-être !

Déjà l'on attendait chez des maîtres nouveaux

Qu'elle vînt commencer ses modestes travaux.

Tous deux se regardaient sans oser rien se dire ;

Mais leurs traits abattus révélaient leur martyre ;

Car il est quelquefois de secrètes douleurs

Où l'on ne peut trouver ni paroles ni pleurs.

Enfin, elle partit... O tristesse profonde

De l'instabilité des choses de ce monde !

Un homme, par hasard, a-t-il sur son chemin

Rencontré le bonheur ? il le perdra demain.

Rien n'échappe au courant qui toujours nous entraîne,

Et rien ne tient à nous, si ce n'est notre chaîne !

Après huit jours de sombre et morne désespoir,

Pendant lesquels pour lui tout fut voilé de noir,

Quand Orphane se vit retombé sur la terre,

Et plongé de nouveau dans son deuil solitaire ;

Quand il eut mesuré, dans le fond de son cœur,

Tout ce que ce départ ajoutait de malheur

A son triste destin, il s'arma de courage,

Et voulut désormais tenir tête à l'orage ;

Car l'amour en son âme avait déjà jeté

Des lueurs d'énergie et de virilité :

Et c'est réellement un phénomène étrange

Combien son seul pouvoir nous mûrit et nous change,

Et comme on devient fort autant qu'on l'était peu,

Sitôt qu'on a reçu son baptême de feu !

Un souffle nous abat, un autre nous relève,

Et le calme bientôt nous rend à notre rêve !

Ainsi fut l'orphelin après qu'il eut gémi,

Et lorsque enfin son cœur fut un peu raffermi.

Louise, cet amour le premier de sa vie,

Lui serait-elle donc à tout jamais ravie?

Exalté comme on l'est quand on a dix-huit ans,

Il ne put se résoudre à l'ignorer longtemps ;

Et dès lors, chaque soir, quand venait certaine heure,

Il s'en allait rôder autour de sa demeure,

Pensant que tôt ou tard il la verrait sortir,

Que peut-être il pourrait la faire compatir

A ce doute cruel qui faisait sa souffrance,

Et que son doux accueil lui rendrait l'espérance !

Il savait la maison que Louise habitait ;

Mais sans connaître encor chez quelles gens c'était.

Sur les rideaux, souvent pleins de clartés de fête,

Il avait cru saisir sa chère silhouette,

Et cette ombre si tôt mêlée à tant d'éclat

N'offrait à son esprit rien qui le rassurât.

Il voyait arriver de nombreux équipages,

D'où sortaient tour à tour de brillants personnages,

Des dames que parait un luxe éblouissant :

Tout cela pour Orphane était embarrassant.

Un soir, il fut surpris, mais d'une autre manière.

Cette fois la maison n'avait point de lumière ;

Une seule voiture à la porte attendait.

Bientôt on fit ouvrir : sans doute on descendait.

Alors il vit paraître une femme encor belle ;

Une autre la suivait : Louise, c'était elle

En toilette de bal, des fleurs dans les cheveux !

L'orphelin, confondu, n'en put croire ses yeux.

Il sentit sur son front passer comme un nuage ;

Une froide sueur inonda son visage ;

Un horrible soupçon vint déchirer son cœur,

Et laissant échapper un soupir de douleur :

— Oh! Louise, dit-il, te voilà donc perdue !

Cette exclamation ne fut pas entendue ;

Car la jeune ouvrière était déjà bien loin,

Et ne se doutait pas d'avoir un tel témoin.

Trois jours après, Orphane y revenait encore,

Inquiet, consumé de ce feu qui dévore,

Lorsque, près d'un malheur qu'on n'a fait qu'entrevoir,

N'espérant rien sauver on cherche à tout savoir.

Le hasard cependant ne lui fut pas contraire :

A peine il arrivait que, rapide et legère,

Louise devant lui passait en l'effleurant.

Il l'appelle. — Plus loin !... répond-elle en courant.

Il la suit, et l'atteint au détour de la rue,

Un moment en silence il savoure sa vue.

— Monsieur, de me revoir seriez-vous affligé?

Dit-elle : — Qu'avez-vous? vous êtes tout changé.

—Bien moins que vous, Louise, et toujours je vous aime!

— Qui vous dit qu'à présent je ne suis plus la même?

Ma maîtresse a pour moi les plus grandes bontés ;

Elle voudrait toujours me voir à ses côtés :

Puis-je m'y refuser? C'est une jeune veuve

Préférant le plaisir au chagrin, et la preuve,

C'est que je vais chercher un masque en velours noir

Qu'il lui faut pour le bal; car elle y va ce soir...

—Vous l'accompagnerez? — Non, monsieur, ma maîtresse

A d'abord réfléchi que ma grande jeunesse

Ne me permettait pas d'aller au bal masqué :

« A ton âge, vois-tu, ce serait trop risqué, »

M'a-t-elle dit. « Avec assez d'expérience,

« On peut s'y divertir sans faire d'imprudence :

« Moi, je connais le monde, et mon cœur ne craint rien;

« Mais je ne pourrais pas te répondre du tien...»

N'est-ce pas me parler en véritable mère?

— Sans doute, elle n'est pas toujours aussi sévère ;

Car c'était bien au bal que vous alliez, je crois,

L'autre soir? — Oui, c'était pour la première fois.

Madame a bien voulu faire cette folie,

De m'emmener... Du bal j'étais la plus jolie!

— On vous l'a dit? — Souvent. N'en soyez pas jaloux:

Tous ceux qui le disaient n'ont parlé qu'après vous.

— Louise, oubliez-vous déjà votre famille?

— Oh! ne le croyez pas, répond la jeune fille,

En reprenant soudain un air plus sérieux;

J'y pense, et chaque jour me voit prier pour eux!

Depuis un mois passé j'attends de leurs nouvelles,

Et ce retard me livre à des craintes mortelles...

Tenez, ajouta-t-elle avec un peu d'émoi,

Si quelque lettre vient, vite apportez-la moi;

Je préviendrai madame, et votre complaisance

Pourra peut-être aussi trouver sa récompense...

Adieu, je vous attends... fût-ce même demain,

Reprit-elle en riant. Donnez-moi votre main;

Non, c'est trop peu pour vous : tenez, voici ma joue...»

C'est cependant ainsi qu'avec nos cœurs on joue !

Elle rentrait déjà qu'Orphane, transporté,

Ne s'apercevait pas qu'elle l'avait quitté!

VII

COMBAT

Chaque être, à son insu, cache un germe funeste,

Qui doit, s'il n'est détruit, emporter tout le reste.

A le développer tout semble concourir :

Le hasard, le besoin, l'intérêt, le plaisir,

Et plus d'un malheureux, descendu jusqu'au crime,

De ce germe fatal n'était que la victime !

Ce n'est pas cependant un système absolu ;

Rien ne l'est ici-bas : Dieu ne l'a pas voulu.

La vertu, le devoir, l'héroïsme du brave,

Ne seraient qu'un vain mot si l'homme était esclave,

Et si, par des instincts sans cesse dominé,

Il était à mal faire en naissant condamné.

Mais on ne peut nier que, de notre organisme,

Il résulte toujours un peu de fatalisme,

Et que plus d'une fois nous ayons à lutter

Contre un secret penchant pénible à surmonter.

Louise avait subi cette influence occulte,

Et la coquetterie était déjà son culte :

Cet unique défaut venait précisément

Du merveilleux éclat de ce pur diamant !

Dès l'enfance, à travers sa naïve folie,

Une voix lui disait qu'elle serait jolie ;

Et lorsqu'elle se vit en face d'un miroir,

Elle ne put manquer de s'en apercevoir.

Cette idée eut d'abord pour elle un avantage,

Celui de l'élever au dessus de son âge,

Et de la revêtir de cet air gracieux

Qui donne à la beauté comme un reflet des cieux ;

Mais le temps approchait où son cœur, pris au piége,

Paîrait bien cher, peut-être, un pareil privilége !

Au milieu de ce monde à l'aspect chatoyant,

Où le vice a toujours un masque souriant,

Et dont la jeune fille avait franchi l'entrée,

Sitôt qu'elle parut elle fut entourée.

Un essaim dangereux s'en vint tourbillonner

Autour de ce front pur qui semblait rayonner.

Brillante de fraîcheur, de grâce, d'innocence,
Elle charmait déjà par sa seule présence,
Et son succès fut prompt : les plus beaux cavaliers
Venaient la recevoir au pied des escaliers.
Les bouquets éloquents, les phrases parfumées
Mêlaient pour l'enivrer leurs vapeurs embaumées.
Il n'était pas un bal où quelque séducteur
Ne lui fît en dansant un aveu tentateur :
Les plus riches présents, les offres les plus belles
Venaient solliciter ses scrupules rebelles.
Son courage longtemps pourrait-il résister?
Elle-même bientôt commença d'en douter.

Parmi tant d'amoureux au langage si tendre,
Il en fut un auquel on ne put se défendre
D'accorder quelquefois un sourire plus doux.
Orphane était trop loin pour s'en montrer jaloux ;

Et puis, dans ces dangers que le hasard fait naître,

Les absents ont toujours le tort de n'y pas être.

Du reste, entre tous ceux qui croyaient la saisir,

Louise, en s'égarant, ne pouvait mieux choisir.

C'était un beau jeune homme à figure romaine,

Dont les traits expressifs, sous ses cheveux d'ébène,

Avaient un caractère énergique et puissant.

Pourtant il fut d'abord soumis et caressant :

Savourant du regard une si douce proie,

Le fier lion cachait ses ongles sous la soie.

L'amour l'avait dompté. Noble et riche étranger,

Qu'un besoin de tout voir poussait à voyager,

Sa visite à la France était presque accomplie,

Et peut-être il courait demain vers l'Italie,

Quand Louise parut à ses yeux étonnés.

Ses projets de départ furent tous ajournés :

Désormais son espoir, son idéal, son rêve,

Le but qu'il poursuivrait sans repos et sans trêve,

Serait de posséder cette naïve enfant

Au candide sourire, au charme triomphant !

C'était un mois après la rapide entrevue

De Louise et d'Orphane, au détour d'une rue ;

Un mois pendant lequel l'orphelin, chaque soir,

Avait en vain cherché le moyen de la voir ;

Pendant lequel aussi le cœur de l'innocente

S'était laissé glisser sur cette douce pente

Où le plaisir entraîne et qu'il couvre de fleurs,

Et qui souvent nous cache un gouffre de douleurs !

Seule auprès du foyer, immobile et pensive,

Il se livrait en elle une lutte bien vive :

Elle était au moment de ce premier combat

Où le cœur attaqué s'agite et se débat.

Le regard arrêté sur une lettre ouverte

Qui semblait décider son salut ou sa perte,

On eût dit qu'un secret et doux entraînement

La lui faisait relire involontairement.

Elle portait ces mots : « Louise, je vous aime !

« Ma vie est dans vos mains, et mon bonheur suprême

« Serait de partager ma fortune avec vous :

« Aussi bien que mon cœur, elle est à vos genoux !

« Cette félicité, vos yeux me l'ont promise !

« Avant trois jours, je pars... est-ce avec vous, Louise?»

Un tel aveu jetait le trouble en son cerveau,

Tant il ouvrait pour elle un horizon nouveau :

Elle voyait surgir, comme un brillant mirage,

Tous les rêves dorés que l'on forme à son âge ;

Et, se trouvant si près de les réaliser,

Elle tremblait d'y croire ou bien de les briser.

Alors elle sentait, du milieu de son âme,

S'élever tout à coup comme un souffle de flamme ;

Un transport inconnu s'en venait la saisir,

Mélange de tristesse et de vague désir ;

Puis son cœur frémissait, plein de doute et d'alarmes,
Et ses yeux lentement se remplissaient de larmes !

Un incident nouveau vint pourtant arrêter
Le désordre profond qui semblait l'agiter :
Orphane entra soudain, et sa seule présence
Fut comme un contre-poids jeté dans la balance.
Dans sa timidité, pour s'ouvrir le chemin,
Il s'avançait vers elle une lettre à la main :
Jamais sans ce motif il n'eût osé peut-être !
Louise, en le voyant avec cette autre lettre,
Arrivant tout à coup, comme un reproche ami,
Réveiller un passé dans son cœur endormi,
Louise envisagea d'une façon plus claire
Toute l'immensité du pas qu'elle allait faire ;
Et, pour cacher son trouble à son jeune amoureux,
Elle fit pour sourire un effort douloureux.

Mais il avait tout vu, la lettre et la surprise,

Et lui dit tristement : — Voilà pour vous, Louise.

C'est pour ce seul objet que je suis parvenu

Jusqu'en cette maison où tout m'est inconnu.

Car, puisque vous rompez le serment qui nous lie,

Et qu'en vous la vertu fait place à la folie,

Je veux vous laisser libre, et vous rends votre foi.

Adieu!... Vous n'entendrez jamais parler de moi.

Puis, avant que Louise ait pu se reconnaître,

Il sortit, lui laissant cette seconde lettre,

Sur laquelle elle crut alors apercevoir

Un signe bien fatal : c'était un cachet noir !

VIII

DÉPART

Trois jours plus tard partaient ensemble deux voitures
Différentes d'aspect autant que de montures :
L'une aux armes de comte avec quatre chevaux ;
L'autre, modeste fiacre aux deux humbles jumeaux.

Dans la riche berline était un personnage
Élégant de costume et sombre de visage :

On pouvait reconnaître à sa morne pâleur
Qu'il venait d'éprouver une grande douleur :
Comme s'il eût perdu quelque chère espérance !
C'était un étranger qui s'éloignait de France.

Dans le fiacre, qui prit par un autre chemin,
Deux femmes se trouvaient, se tenant par la main :
C'était Louise en deuil, et sa bonne maîtresse,
Lui faisant des adieux tout remplis de tendresse.
La malheureuse enfant était bien pâle aussi,
Et son beau front penchait sous le poids du souci !
C'est qu'il est quelquefois des victoires cruelles,
Et qui laissent au cœur des blessures mortelles !
Des orages du sien elle avait triomphé,
Ou plutôt le chagrin avait tout étouffé ;
Car sa mère était morte, et la pieuse fille
Allait mêler ses pleurs aux pleurs de sa famille !

Désormais son devoir fixait son avenir :
Elle quittait Paris pour n'y plus revenir !

Le même soir, Orphane, en proie à sa tourmente,
Reçut en arrivant la missive suivante,
Que, les larmes aux yeux, il lut avidement,
Et qu'il conserve encor religieusement :

« Orphane, adieu, je pars ! je retourne au village !
« Le séjour de Paris est funeste à mon âge :
« Il fait trop vite apprendre et trop vite oublier !
« Hélas ! un grand malheur me rappelle au foyer :
« J'ai perdu pour toujours ma digne et tendre mère !
« Orphane, plaignez-moi, si je vous étais chère :
« Le coup le plus cruel que j'eusse redouté,
« C'est vous, sans le savoir, qui me l'avez porté.

« Devant de tels arrêts en pleurant on s'incline !

« Peut-être ai-je encouru la colère divine ?

« Au milieu des combats que se livrait mon cœur,

« Le devoir jusqu'alors était encor vainqueur ;

« Mais déjà je sentais, au trouble de mon être,

« Que bientôt de moi-même il ne serait plus maître !

« Un obstacle imprévu m'arrête sur le seuil :

« Mon rêve disparaît sous un voile de deuil ;

« Et mon âme, au creuset de la douleur fondue,

« En sort purifiée avant d'être perdue !

« C'est dans ces sentiments que je pars, mon ami ;

« Mais mon cœur ne serait tranquille qu'à demi,

« S'il devait lui rester la pénible pensée

« Que du vôtre jamais je puisse être chassée !

« Le lien chaste et pur qui vint les réunir

« Est de ceux dont on peut garder le souvenir :

« Je vous laisse le mien en emportant le vôtre.

« Vous le conserverez, même à côté d'un autre.

« Il sera pour tous deux l'asile respecté

« Où notre amour naissant s'est d'abord arrêté;

« Et peut-être qu'un jour, fatigué de la vie,

« Envieux d'une paix vainement poursuivie,

« Vous trouverez du charme à vous réfugier

« Au sein de cet amour devenu le premier !

« Louise alors pour vous ne sera plus qu'une ombre,

« Mais qui dans votre esprit n'offrira rien de sombre;

« Et vous éprouverez quelque chose de doux

« En répétant ce nom qui vous rendit jaloux;

« Car vous l'étiez, Orphane, et sans raison encore.

« Ce que vous redoutiez eût fini par éclore :

« Je ne sais quel pouvoir invisible, inconnu,

« M'entraînait : à me perdre il serait parvenu !

« Mais du moins jusqu'ici j'avais su me défendre,

« Et ne rien écouter que je ne dusse entendre.

« Enfin, pour me servir d'un terme d'autrefois,

« Celle que vous nommiez votre agneau champenois,

« Délivrée à jamais de toute vaine attache,

« S'en retourne au pays comme un agneau sans tache !

« Peut-être, en me lisant, serez-vous étonné

« Que je vous aie écrit d'un ton si raisonné?

« Mais l'esprit a parfois de ces lueurs soudaines

« Qui viennent l'éclairer sur les choses humaines.

« J'en profite aujourd'hui pour dire un ferme adieu

« Aux caresses du monde, et m'approcher de Dieu :

« Puisse-t-il m'accorder la force nécessaire

« Pour marcher sans jamais regarder en arrière !

« Mais toujours, dans la joie ou dans l'affliction,

« Orphane, soyez sûr que mon affection

« Vous gardera la part que je vous ai promise.

« Adieu sur terre ! au ciel, vous reverrez

Louise. »

ÉPILUDE

Ce tendre engagement a-t-il été rempli?

Dieu le sait!... Mais son vœu, du moins, s'est accompli,

Et sa prédiction lointaine et consolante

A pris avec le temps une forme vivante!

Ainsi qu'on voit un nom sur un arbre gravé

Grandir avec l'écorce, en elle conservé,

Ainsi sa virginale et gracieuse image

Du cœur de l'orphelin plus pure se dégage :

Au fond de son passé par le deuil obscurci,

Et qu'un peu de repos semble avoir éclairci,

Il retrouve aujourd'hui, paisible et souriante,

La fraîche vision de sa première amante ;

Et, d'un œil attendri, reconnaissant encor

Ce visage où l'amour jeta son reflet d'or,

Il sent que rien n'est doux, pour une âme lassée,

Comme de ressaisir sa jeunesse passée.

FIN.

BIBLIOTHÈQUE IMPÉRIALE IMPR.

MÈME LIBRAIRIE

MANUEL DU SAVOIR-VIVRE

Ou l'art de se conduire selon les convenances et les usages du monde, dans toutes les circonstances de la vie et dans les diverses régions de la société. Cinquième édition. . . . 1 fr.

PEINTURE DE MŒURS

Coup d'œil artistique dans le monde animal, par LATIL. — Un joli volume illustré . . . . 1 fr.

LES JEUX D'ESPRIT

Et tableaux de mœurs de nos célébrités contemporaines. — Un joli volume illustré de 50 gravures. . . . . . . : . . . » 50 c.

HISTOIRE DES CAFÉS DE PARIS

Leur influence sociale et hygiénique, etc., par MARC CONSTANTIN. — Un joli volume. . . . . » 50 c.

PARIS. — IMP. SIMON RAÇON ET COMP., RUE D'ERFURTH, 1.

www.ingramcontent.com/pod-product-compliance
Ingram Content Group UK Ltd.
Pitfield, Milton Keynes, MK11 3LW, UK
UKHW051842140726
13696UKWH00007B/1151